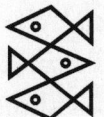

›Auf dem Meer‹ legt vier Erzählungen von Gao Xingjian vor, die für die chinesische Literatur und ihre Entwicklung Wegmarken sind. In einem politischen Umfeld, in dem jede Äußerung zu Denunziation Anlass gab, versucht Gao Xingjian mit tastender Sprache Worte zu finden und Werte zu rehabilitieren, die uns elementar scheinen. Aber in der damaligen Welt war selbst die enge Beziehung zwischen Mutter und Kind ärgsten politischen Missverständnissen ausgesetzt. Mit Ernst und Ironie, aber auch mit skurrilen Spannungsbögen und unerwarteten Handlungsbrüchen entfalten diese Erzählungen unverwechselbar den Resonanzraum, in dem sich das Werk von Gao Xingjian entwickelte.

Informationen zum Autor finden Sie auf der vorletzten Seite.

Gao Xingjian
Auf dem Meer
Erzählungen

Aus dem Chinesischen von
Natascha Vittinghoff

Fischer Taschenbuch Verlag

2. Auflage: Januar 2001

Deutsche Erstausgabe
Veröffentlicht im Fischer Taschenbuch Verlag GmbH
Frankfurt am Main, Dezember 2000
Die Erzählungen erschienen 1989
zum ersten Mal in Buchform unter dem Titel
›Gei wo laoye mai yugan‹
(›Eine Angel für meinen Großvater‹)
in Taipei in dem Verlag *Lianhe wenxue chubanshe*
© Gao Xingjian 1989
Für die deutsche Ausgabe:
© Fischer Taschenbuch Verlag GmbH,
Frankfurt am Main 2001
Druck und Bindung: Clausen & Bosse, Leck
Printed in Germany
ISBN 3-596-15183-X

Inhalt

Fünfundzwanzig Jahre

Er hätte nie gedacht, dass es so schnell vorbei sein würde. Die ganze Szene hatte nicht länger als zehn Minuten gedauert, nein, genau zehn Minuten. Er hatte an der Pforte den Besuchsschein ausgefüllt und nervös auf die Uhr geschaut, 10.07 Uhr. Wie ihn der Pförtner angewiesen hatte, war er durch den Flur gegangen und hatte die dritte Tür rechter Hand genommen. Es war sehr einfach zu finden. Die Türen des Büroraumes standen weit offen. Es war genau die Zeit für die Gymnastikpause. Über den ganzen Hof verteilt machte eine Gruppe gerade die vierte Gymnastikübung, nein, schon die fünfte Übung kam aus dem Radio. Sie hatte er damals bei der ersten Gymnastikübung kennen gelernt. Er war gerade an die Universität gekommen. Seit ihrer Trennung, 1957, waren nun genau 25 Jahre vergangen, ein Vierteljahrhundert. So ist das Leben. Ja, ja, wer hätte gedacht, dass sie sich je wiedersehen würden? Und trotzdem hatte er 25 Jahre lang auf dieses Wiedersehen gewartet.

Die Bürotüren standen weit offen, alle waren zur Gymnastik im Hof. Bis auf eine Frau mittleren Alters mit kurzem Haar, die mit dem Rücken zur Tür an einem Schreibtisch nahe am Fenster saß. Seine Stimme zitterte.

»Verzeihung, ist Genossin Feng Yiping hier?«

Die Frau wandte sich um; und mit erstauntem Blick, ja doch, mit erstauntem Blick musterte sie ihn.

»Was kann sie für dich tun?«

Sie war es, Feng Yiping. Selbst nach 25 Jahren erkannte er diese Augen wieder, diese Augen, die ihn immer so verunsichert hatten, dass er ihrem direkten Blick nicht standhielt, und natürlich diesen Mund mit seinen scharfen Konturen. Heute hatten sich ihre Züge schon etwas entspannt. Dennoch konnte man diese klaren Linien noch genau erkennen, die immer dann besonders scharf gezeichnet

schienen, wenn sie laut und albern gelacht
hatte.

Er nahm allen Mut zusammen und sagte:
»Kennst du mich nicht mehr? Wir waren im
gleichen Semester, an der Uni!«

Oh. Sie erinnerte sich. Sie sprach noch immer
so schnell, trotz ihres Alters. Ihre Stimme hatte noch immer diesen hellen Klang. Sie zog
ihm eilig einen Stuhl herbei.

»Ich hätte nicht gedacht, dass ich dich einmal
wiedersehen würde«, atmete er auf und setzte
sich. Er konnte nicht so herumstehen, er musste sich setzen, von vorne erzählen.

Er war genau richtig gekommen, diesen Zeit-
punkt der Gymnastikpause hatte er gut
gewählt. Mehr als zehn Minuten war er auf
der Straße umhergeschlendert, um die Gymnastikpause abzuwarten. Denn um diese Zeit
machten alle Pause und man konnte im Büro
gut reden. Falls sie nun aber auf die Straße
hinausginge, um Gemüse einzukaufen? Er
wusste ja, dass die berufstätigen Leute in der
Stadt oft ihre Büropause nutzten, um Essen

einzukaufen. Er hatte deshalb ein paar Minuten am Haupteingang gewartet, aber da sie nicht herausgekommen war, ging er zur Pforte, um 10.05 Uhr.

»Ach, wo wohnst du denn jetzt?«, fragte sie. Nun, was sollte er sagen? Er sagte, er wurde ›umerzogen‹. »Ach, also doch«, sagte sie.

»Ja, ja, also doch umerzogen«, lachte er, »25 Jahre lang«.

»Was, das kann doch nicht sein, 57, 67, 77... das ist doch nicht möglich, 25 Jahre!«

»Wenn es nicht so wäre, wäre ich nicht gekommen, dich zu sehen«, sagte er.

»Die Vergangenheit muss man ruhen lassen«, seufzte sie.

»Sicher, was hat man schon für eine andere Wahl? Und schließlich ist ja wirklich alles schon Vergangenheit – aber dich habe ich doch damals auch mit hineingezogen.« Diese Entschuldigung musste er zuerst einmal loswerden.

»Oh, mit mir war doch nichts«, sagte sie sofort.

»Doch, doch, ich bitte dich um Verzeihung, immerzu in diesen Jahren habe ich ...«, unterbrach er sie.

»Für mich hatte das keine großen Folgen, sonst hätten sie mich doch nicht als ›mittlere Rechte‹ eingestuft, oder? Das habe ich überhaupt erst später erfahren – dass ich in meiner Akte als ›mittlere Rechte‹ eingestuft worden bin.«

»Doch du hast dich damals für mich eingesetzt«, sprach er unbeirrt weiter. Er musste sich einfach dafür entschuldigen.

»Damals waren wir doch alle Kinder, was wussten wir schon?«, sagte sie.

»Trotzdem kann ich mich noch an jeden Satz erinnern, den du seinerzeit auf der Kritikveranstaltung in der Klasse gesagt hast.«

»Was habe ich denn gesagt? Ich erinnere mich gar nicht mehr«, sagte sie lachend und fuhr sich durch die Haare, wie sie es früher als Mädchen getan hatte, wenn sie vor allen in der Klasse sprach.

»Du warst uns eine gute Klassensprecherin.

Die Klassenkameraden, die ich heute treffe, bestätigen das immer noch.«

»Wirklich?« Sie freute sich.

»Ja, wirklich«, sagte er. »Ach ja, 25 Jahre.« Er sollte doch nicht seufzen – es war eine Gewohnheit geworden, ein richtiger Tick. Er riss sich sofort wieder zusammen. Er sollte fröhlich sein. Hatte er nicht 25 Jahre lang diesen Augenblick herbeigesehnt? Um über die Zeit vor der ›Anti-Rechten-Kampagne‹ zu sprechen, über die schönen Erinnerungen an jene Studentenjahre, als die Kommilitoninnen Sommerkleider trugen und in den Wohnheimen zusammen mit den Studenten Lieder wie *Der Weißdornbusch* oder *Die kleine Straße* sangen. Ja, und jeden Samstagabend gab es Tanzfeste, mit Lampions und Papierschlangen, ganz anders als heute, wo das Tanzen allein offenbar schon als unanständig gilt. Alles war vom Jugendverband oder Studentenbund organisiert worden, und die bunten Bänder verzierten in aller Öffentlichkeit die große Aula wie an einem Festtag.

»Du hast mich sogar zum Tanzen mitgenommen!«

»Ja, und jetzt bin ich eine alte Frau«, lachte sie.

Ihre Augen blitzten auf. Sie war noch immer dieselbe, auch wenn ihre Haarspitzen schon leicht silbrig glänzten. Seine eigenen Haare dagegen waren schon längst schneeweiß geworden.

»Welchen Platz haben sie dir nach deinem Studienabschluss zugeteilt?«

»Ich habe keinen Abschluss«, sagte er.

»Ach, ich weiß, ich meine, wohin wurdest du danach geschickt?«, erklärte sie eilig.

»Zwei Jahre war ich auf einer Farm, dann wurde ich Mittelschullehrer in einem kleinen Dorf ganz in der Nähe.«

»Und dann?«

»Seitdem bin ich in diesem Dorf geblieben.«

Auch sie seufzte auf und fragte nicht mehr weiter.

Nein, er wollte ihr alles erzählen! Sie war der einzige Grund, weshalb er in all den Jahren überhaupt hatte durchhalten können. Bis heute hatte er noch den Brief, den er an sie geschrieben, ihr aber nicht zu geben gewagt hatte. Mit dem heutigen Besuch hatte er bestimmt keine Absichten verbunden – er war ja schon seit langem auf dem Lande verheiratet und hatte Kinder. Er wollte ihr außerdem sagen, dass seine Ehefrau eine sehr gütige Frau vom Lande war und dass es sie damals auch nicht einmal gekümmert hatte, dass er als Rechter gebrandmarkt worden war. Sie war bereit gewesen, ihn zu heiraten, und hatte ihm all die Jahre hinweg immerzu Trost gespendet. Sie war nicht nur eine gütige, sondern auch verständige Frau. Denn dass er diesen Brief noch immer aufbewahrte, wusste seine Frau. Er hatte seiner Frau sogar diese Photos von ihr gezeigt, nein, er sollte sagen, die Klassenphotos von einem Schulausflug, auf denen sie auch abgebildet war – und die er wie einen Schatz gehütet hatte. Seine Frau wusste auch, dass er sie vermisste, nein, unterbrich ihn nicht, lass ihn weiterreden, er will reden, seine Frau wusste auch, dass sie ihn auf dieser Kritikveranstaltung zu verteidigen versucht hatte und so auch mit hineingezogen wurde und es schwer gehabt hatte. Natürlich wusste er, dass sie inzwischen verheiratet war. Natürlich würde sie heiraten, sie sollte ja heiraten und den richtigen Mann fürs Leben finden. Er wünschte ihr Glück. Er war absolut nicht gekommen, um ihren Familienfrieden zu stören. Wie könnte er auch? Er selbst war ja schon ein richtiger Bauer geworden und hatte tiefe Wurzeln auf dem Land geschlagen. Er würde auch gar nicht mehr in der Stadt leben wollen, selbst wenn er könnte, weil er heute in politischer Hinsicht überhaupt keine Bedenken mehr haben musste. Zuhause hatten sie einen eigenen Gemüsegarten und immer frisches Gemüse auf dem Tisch. Dort war auch alles nicht so teuer wie in der Stadt. Mit seinen zwei Kindern hatte er schon eine ziemlich große Verantwortung zu tragen, als Stadtmensch hätte er diese Verantwortung gar nicht übernehmen wollen. Letztes Jahr war er zudem befördert worden, da sie ihm nun seine Hochschulqualifikation anerkannten. Daher war er um einen Dienstgrad befördert worden. Er konnte sich also rundherum als glücklich bezeichnen. Er hoffte nur, dass sein Sohn die Zulassungsprüfungen für die Universität bestehen und seine Tochter die Mittelschule zu Ende machen und eine Arbeit finden würde. Dann wäre er vollkommen zufrieden. Das Leben war eben, wie es war. Niemand konnte sich beschweren. Jeder Mensch trug sein eigenes Schicksal. Und er wusste genau, was ihm gebührte und was nicht. Ohne das nächtliche Quaken der Frösche im Teich hinter seinem Haus würde er heute doch gar nicht mehr einschlafen können. Er war ja nur gerade hier in der Nähe unterwegs, weil er an einer Konferenz auf Provinzebene über Unterrichtsmaterialien an Mittelschulen teilnahm. Und von dem kleinen Dicken hatte er letztes Jahr erfahren, dass es sie hierher verschlagen hatte. – »Kannst du dich noch an den Dicken erinnern?«

»Ach ja, der kleine Dicke – der frechste in der Klasse,« antwortete sie.

»Noch im selben Jahr, als man die ›Viererbande‹ zerschlagen hatte, klapperte er alle Stellen ab, um seine Rehabilitierung zu erreichen. Hat sich seine Angelegenheit inzwischen erledigt?«

»Schon lange, er ist doch jetzt Vizevorsitzender der Forschungsabteilung! Sein einziger Nachteil ist, dass er aus 1957 nichts gelernt hat«, sagte sie.

»Und wie erging es dir in den letzten Jahren?«, fragte er wieder.

»Im Großen und Ganzen ist alles in Ordnung.«

»Das ist gut«, sagte er.

Sie lächelte ein wenig. Und er wusste nicht mehr, was er tun sollte. Was sollte er nun sagen? Hatte er nicht all die Jahre auf dieses Lächeln gewartet? Und darauf, sie nur einmal wiedersehen zu können?

Sie und ihr Lächeln, 25 Jahre hatten sie in seinem Herzen gelebt.

Seine Decke unter den Arm gerollt hatte er damals die Schule verlassen. Ohne ihr ein Wort davon zu sagen, ohne eine Adresse hinterlassen zu können. Er wusste ja selbst nicht, wohin er gehen würde. Und wenn er sich auch sicherlich keine großartigen Illusionen darüber machte, hatte er es dennoch nicht gewagt, sie noch einmal zu treffen. Freilich konnte sie nicht wissen, wie oft er in diesen Jahren an sie gedacht hatte. Auch von seiner heimlichen Liebe zu ihr wusste sie natürlich nichts. Den Brief hatte er ihr nur noch nicht zu geben gewagt, weil er vom Regenwasser feucht und durchnässt zu schimmeln begonnen hatte und nun mit gelben Flecken übersät war. Trotzdem war er das schönste Andenken seines Lebens.

Am Abend vor seiner Abreise hatte er allen Mut zusammengenommen und seiner Frau mitgeteilt, dass er einen kleinen Umweg machen wolle, um sie zu besuchen. Seiner Frau, die soviel Leid mit ihm durchgemacht hatte, konnte er das doch nicht verheimlichen.

Und ohne sich weitere Gedanken darüber zu machen, hatte seine Frau gesagt: »Man sollte sich auch wirklich mal wieder treffen – und jetzt hast du ja auch keine Probleme mehr, nicht wahr?« Er hatte ihr eigentlich Spezialitäten aus seiner Gegend mitbringen wollen – die roten, gedörrten Datteln von dort waren eine berühmte Süßigkeit. Oder auch Sesamöl – er hatte gehört, in der Stadt bekäme man nur zum Frühlingsfest hundert Gramm davon zugeteilt, so dass Sesamöl für die Stadtmenschen ziemlich kostbar sei. Musste er früher in die Kreisstadt fahren und irgendjemand aus verschiedenen Gründen um einen Gefallen bitten, hatte er immer ein Pfund Sesamöl mitgenommen, mit Sesamkörnern aus dem eigenen Garten. Nur diesmal kam ihm das plötzlich so bäurisch vor. Die Leute würden das bestimmt etwas armselig finden. So konnte er ihr doch nicht vor die Augen treten. Deshalb blieben die Datteln und das Sesamöl, die seine Frau vorbereitet hatte, auf dem Tisch liegen. Er hätte sich nach ihrem Mann erkundigen müssen, das gebot die Höflichkeit. Außerdem hätte er sie nach ihren Kindern fragen sollen, ganz gewiss hatte sie Kinder. Vielleicht waren sie alle schon an der Universität. In der Stadt waren die Ausbildungsmöglichkeiten ja viel besser als auf dem Land, und sie würde sich sicher sehr genau um die Ausbildung ihrer Kinder kümmern. Aber all das hatte er nicht gefragt. Er wusste nicht, warum er nicht gefragt hatte, er wusste nicht, was er hätte fragen sollen, er wusste überhaupt nicht mehr, was er am besten reden sollte. Er wusste nicht, warum er gekommen war, und war verwirrt.

Kurz zuvor, kurz vor ihrem leisen Lächeln, war doch alles noch ganz klar gewesen und lange und gründlich durchdacht. Jetzt wusste er überhaupt nicht mehr, was er tun sollte. Am besten, er lachte. Später sagte er, das Lachen hätte einen bitteren Beigeschmack gehabt: Mit seinen vielen Falten um die Augen, die sich beim Lachen von der Stirn über das ganze Gesicht ausbreiteten, stand es ihm besser, nicht zu lachen.

Auf dem Gang entwickelte sich ein lebhaftes Hin und Her, die Leute kamen von der Gymnastikpause zurück in ihre Büros. War es nun die vierte oder die fünfte Übung im Radio gewesen? Wieso kümmerte er sich überhaupt darum? Das Leben war wieder in seine alte Bahnen zurückgekehrt. Ach ja, das Leben!

»25 Jahre«, rief er aus.

»Das ist doch nicht möglich, 25 Jahre«, sagte sie.

Die Leute kehrten an ihre Schreibtische zurück und setzten sich. Er saß auf dem Platz eines anderen und stand daher sofort auf, um den Stuhl freizumachen. Der Mann winkte ab: »Bleib sitzen, bleib doch sitzen.«

»Oh, nein, ich habe hier nichts mehr zu tun, ich sollte gehen«, sagte er zu ihr.

»Bist du auf Dienstreise?«, fragte sie.

»Es lag auf dem Weg.«

»Bleib doch noch ein bisschen.« Aber sie war selbst schon aufgestanden.

»Ihr habt so viel zu tun, ich gehe lieber!«, sagte er bestimmt.

»Wie viele Tage bleibst du?«, fragte sie.

»Oh, ich fahre morgen wieder, in der Schule gibt es wie immer viel zu tun«, antwortete er. »Du brauchst mich nicht hinauszubegleiten. Ich habe mich sehr gefreut, dich zu sehen«, fügte er hinzu.

»Du kommst ja so selten, ich begleite dich«, sagte sie entschieden.

Er ging schweigend hinaus.

Sie folgte ihm schweigend.

Am Haupteingang der Behörde rief sie ihm laut zu: »Warum musst du nur so schnell wieder weiter? Lieber Li, beim nächsten Mal musst du unbedingt zu mir nach Hause kommen!«

Vielleicht hatte er sie falsch verstanden, sagte er, nein, antwortete er sich selbst, diese zwei Wörter konnte er doch nicht falsch verstanden haben, er hieß nicht Li, er hieß Zhang. Früher, vor 25 Jahren, wurde er von den Kommilitonen Zhang Juan genannt.

Sie hatten sich damals doch gerne Spitznamen gegeben und wenn man seinen eigentlichen

Namen, Zhang Zhiyuan, schnell und in einem Fluss aussprach, ergab das Zhang Juan, sogar der Klassenlehrer hatte ihn doch beim Appell ›Kleiner Juan‹ genannt, sagte er. Und sie hatte ihm doch so gerne Streiche gespielt – freilich war das 25 Jahre her – hatte sie denn sogar seinen Namen vergessen?

Konnte man ihr das verübeln? Wer erinnerte sich schon an den Namen jedes einzelnen Mitschülers von vor 25 Jahren?

Er entschuldigte sich bei ihr und sagte noch ein paar Abschiedsworte. Sie wiederholte, dass er das nächste Mal unbedingt zum Essen kommen müsse, nur heute sei es leider wirklich zu knapp, aber das nächste Mal müsse er unbedingt kommen, und sie würden über die alten Zeiten reden. Als er ihr zum Abschied winkte, rief er ihr laut zu, sie solle wieder hineingehen.

Sie stand die ganze Zeit auf der Treppe, lächelnd verfolgte sie ihn mit den Augen.

Dann kam schon die Straßenbahn. Eine endlos lange Straßenbahn. Als sie am Haupteingang vorbeigefahren war, drehte er sich nicht mehr um. Er sagte, er erinnere sich, dass er wohl auf die Armbanduhr gesehen hätte, ganz unbewusst. Es war etwa 10.17 Uhr, denn er hatte den Eindruck gehabt, das ganze hätte ungefähr zehn Minuten gedauert. Das also war sein Abschied von den letzten 25 Jahren gewesen. Auf diese Weise trennte er sich also von seinem Traum, den er 25 Jahre in seinem Herzen gehegt hatte.

Es war absurd, aber hatte doch seine Bedeutung. Er fühlte sich leer und er fühlte sich glücklich.

Vor einem Kaufhaus sei er stehen geblieben, sagte er, und habe die ausgestellte Damenmode mit den taillierten Kleidern betrachtet. Irgendetwas wollte er kaufen. Er meinte plötzlich, er sollte seiner Frau so ein modisches Kleid kaufen. Seit ihrer Heirat hatte er seiner Frau kein einziges Geschenk gemacht. Den geringen Monatslohn übergab er immer ganz an seine Frau. Sie machte die Kleidung für die ganze Familie, seit sie alles Geld

zusammen gespart hatten, um eine Nähma-
schine zu kaufen. Er beschloss daher, seiner
Frau ein fertiges Kleidungsstück zu kaufen, so
ein schönes Kleid, wie es im Schaufenster aus-
gestellt war. Er hatte die Spesen der Dienstreise in der Tasche und 50 Kuai, die ihm seine
Frau auf den Weg mitgegeben hatte. Für seine
Tochter wollte er ein Paar hohe Gummistiefel
kaufen; und so eine gefärbte Baumwolldecke,
die nach Schurwolle aussah, wollte er auch
kaufen. Denn ihre alte Decke hatte der Sohn
mitgenommen, der jetzt im Internat in der
Kreisstadt wohnte. In der Kreisstadt hatten
sie nur Decken, die beim ersten Waschen
schon die Farben verloren. Dann wollte er
noch zwei Schachteln Süßigkeiten kaufen, die
er dem Direktor Wang des Kreisbüros für
Erziehungswesen mitbringen würde. Als Teil-
nehmer der Konferenz auf Provinzebene über
Unterrichtsmaterialien für Mittelschulen war
er doch schon beträchtlich im Ansehen der
Leute gestiegen. Das alles hatte seine Frau
arrangiert. Doch zuerst, beschloß er, würde er

ein neues Kleid für seine Frau kaufen, ein
neues Kleid mit Blumenmuster am Kragen.

Beijing, 25.6.1982

Auf dem Meer

Ich weiß nicht, ob du auch schon einmal so einen Menschen getroffen hast, vielleicht gab es ihn ja in deinem Betrieb, vielleicht sogar in deinem Büroraum, gleich einen Schreibtisch neben dir. Wahrscheinlich hatte sein Schreibtisch ursprünglich deinem Tisch gegenüber gestanden, was ja in jedem Büro ein erfreuliches Arrangement ist. Jeder plaudert doch gern ein bisschen nach ein oder zwei Stunden Aktenbearbeitung – bei diesen Bergen von Akten, die man sowieso nicht abtragen kann. Die Frauen unterhalten sich über Strickmuster, über Stopftechniken, oder ihre Ehemänner. Die jungen Mädchen sind da nicht anders und schwätzen gern ein bisschen über ihre Partner, zerbrochene Liebschaften, ihren Liebeskummer oder irgendwelche unbedeutenden, aber streng geheimen Angelegenheiten. Ein Wispern und Flüstern dringt an deine

Ohren, aber genau verstehen kannst du sie nicht. Aber, interessieren wir uns nicht für ihre Angelegenheiten, diese Frauengeschichten! Ihre Frauenthemen sollen sie lieber unter sich besprechen. Ich will hier lieber von jenem Mann sprechen, der vielleicht in deinem Betrieb ist, vielleicht sogar in deinem Büroraum. Als bekannt wurde, dass er kommen würde, stellte man den Schreibtisch zuerst deinem gegenüber auf. Gleich bei seinem ersten Eintreffen stellte er die beiden Tische jedoch wieder auseinander und platzierte seinen in die Ecke oder an die Zimmerwand. Dort saß er dann für sich allein. Habt ihr in deinem Büro nicht auch so einen Menschen? Gibt es nicht in jeder Firma wenigstens einen oder zwei solche Typen?

Du siehst ihn fast jeden Tag, arbeitest mit ihm zusammen und das inzwischen schon drei bis fünf Jahre lang. Dennoch hat er, wenn du es dir recht überlegst, in diesen drei bis fünf Jahren insgesamt wohl nicht mehr als ein paar Sätze mit dir geredet. Und darunter war kein einziger Satz, der nicht mit dem Büro zu tun gehabt hätte. Er trat morgens seinen Dienst an und verließ das Büro bei Dienstschluss. Wenn er dich sah, würde er vielleicht mit dem Kopf nicken, vielleicht nicht einmal das. Als ob man sich überhaupt nicht kennen würde! Im Büro neben mir gibt es tatsächlich genau so einen Menschen, und er heißt Wang Shaoping. Du kennst nur seinen Namen, vielleicht sein ungefähres Alter. Du weißt, dass er ledig ist, seine Familie außerhalb lebt und er hier allein im Kollektivwohnheim der Behörde wohnt. Sein Verhalten ist normal, er arbeitet durchschnittlich, sieht auch ganz normal aus, ist von mittlerer Statur und so weiter. Normaler kann man gar nicht sein. Was weißt du noch von ihm, mal abgesehen von seiner extremen Normalität? Wirst du gefragt, kannst du nur bestätigen, dass ihr auch so einen Menschen im Betrieb habt, und dass er Wang Shaoping heißt. Sein Name wäre das Einzige, das du wirklich mit Sicherheit über ihn sagen könntest. Aber was zählt schon der Name? Der

Name ist doch nur ein Codewort, was ist ein Mensch dagegen! Ja, und ein solcher lebt einfach an deiner Seite. Nach längerer Zeit hast du dich einfach daran gewöhnt, an seine Existenz, die nur durch einen Namen ausgezeichnet war. Egal ob er aus dem Kollektivwohnheim herauskam oder in der Mittagspause zur Mensa ging, er lief immer entweder vor oder hinter dir. Du würdest ihm nicht zunicken und erst recht nicht deinen Schritt beschleunigen oder verlangsamen. Geschweige denn dich bemühen, einen Satz mit ihm zu wechseln. Seine Existenz war gleich null für dich, nur ein Schatten im hellen Licht der Sonne.

Im Sommer letzten Jahres organisierte der Betrieb für die Mitarbeiter Ferienaufenthalte im Badeort Beidaihe. Natürlich vor allem für die alten Leute – macht ihr das in deinem Betrieb auch? Teilnehmen durften nur die Leute, die vor 1949 ihren Dienst begonnen hatten, das war alles amtlich festgelegt. Nun könnte es aber problematisch werden, wenn all diese alten Damen und Herren von vor 49 ans Meer fahren und ins Wasser steigen. Deshalb wurden jeder Gruppe noch ein oder zwei junge Leute zugeteilt. Aber wer von den vielen jungen oder zumindest jüngeren Leuten im Betrieb durfte mit? Die gerechteste Methode war der Losentscheid. Wer das richtige Los zog, hatte eben Glück – und dieses Glück fiel gerade mir und diesem Wang Shaoping in die Hände. Hätte doch bloss ein anderer das Los gezogen – und nicht gerade er! Das ist doch fast so, als hätte man noch einen alten Herrn oder eine alte Dame mehr in der Gruppe! Freilich kannst du dir so eine Gelegenheit aber nicht entgehen lassen, immerhin geht es nach Beidaihe: die Sonne über dem Meer, der Strand und das Wasser sind natürlich für jeden sehr reizvoll.

Deshalb bist du mitgefahren. Selbstverständlich warst du derjenige, den die Verwaltung als Hilfskraft anforderte, natürlich suchten sie dich auf, und nicht ihn. Natürlich wurdest auch du gebeten, den alten Herren und Damen beim Einsteigen in den Zug zu helfen und ihr Gepäck in den Netzen zu verstauen. Du hörtest nur noch, Kleiner Li hier, Kleiner Li da, und alle waren außergewöhnlich freundlich zu dir. Du musstest dich auch mit ihnen unterhalten und dir all ihre Erinnerungen aus alten Zeiten anhören. Ach ja, die 50-er Jahre, oder die 60-er Jahre – für die 70-er hatten sie nur noch Kopfschütteln übrig. Aber jetzt sind wir in den 80-ern! Die 50-er Jahre waren trotzdem noch immer die besten. Und du lachtest mit ihnen, auch wenn du dich gar nicht wohl dabei fühltest.

Er dagegen hatte es gut getroffen. Allein in einem Abteil mit lauter Unbekannten und Ortsfremden zusammen blickte er zurückgelehnt aus dem Fenster. Und wie er so still und zufrieden mit sich in dem ganzen Lärm des Abteils saß, sah man auf den ersten Blick, dass er in die Ferien fuhr.

Am Bahnhof stiegt ihr um in die Wagen nach Beidaihe, wo kleine Häuser zwischen dichten Baumschatten durchblitzten. Als dann im

Gästehaus die Zimmer verteilt wurden, riefen die alten Herren wieder, hey, Kleiner Li, lass uns doch ein Zimmer zusammen nehmen! Je älter sie waren, desto herzlicher waren sie zu dir – umso mehr brauchten sie auch deine Fürsorge. Und so hast du mit ihnen Tee getrunken, Schach gespielt, Unterhaltungen geführt und schließlich sogar lebende Krabben gekauft, die du zum Kochen zu irgendwelchen Einheimischen in die Küche tragen musstest, weil sich die Küche des Gästehauses schon gar nicht darum kümmern wollte. Ihren Nachmittagsschlaf hielten sie dann am Meeresstrand ab – nur du kamst einfach nicht ins Meer hinein! Von ihrem Nickerchen erwacht, riefen sie dich nacheinander in ihre Zimmer. Mehr recht als schlecht hatten sie sich das Handtuch umgeschlungen und schlurften in den Plastiksandalen umher. Dann durftest du mit dem Finger prüfen, ob sie auch genug Luft in ihre Autoreifen gepumpt hatten, die sie als Schwimmhilfen benutzten. Schließlich liefen alle unsicher schwankend zum Badestrand – nachmittags um halb vier, die Sonne neigte sich schon gegen Westen. Das Wasser war lauwarm, weil es schon den ganzen Tag von der Sonne erwärmt worden war. Sie planschten in bauchnabeltiefen Gewässern, und du konntest noch immer nicht sehr weit hinausschwimmen. Denn der für die Gruppe zuständige alte Zhang aus der Verwaltung hatte dir vor allem eine Aufgabe übertragen: Du trugst die Verantwortung für ihre Sicherheit.

Und er? Nicht einmal ein Schatten von Wang Shaoping war zu sehen. Nur wenn sich alle zu den drei Mahlzeiten morgens, mittags und abends um den runden Tisch versammelten, wenn sie sich zunickten und die Essensmarken hervorholten, erst dann tauchte sein Gesicht auf. Er aß alles in einem Zug auf. Legte die Stäbchen nieder und ging. Bis sich alle wieder zur nächsten gemeinsamen Mahlzeit träfen, würdest du ihn nicht wiedersehen. Und dabei trat er so ungezwungen und sorgenfrei auf, dass er einfach zu beneiden war.

Am dritten Tag in der Frühe hast du endlich beschlossen, dass sich die anderen selbst beschäftigen sollten. Sollten die Schach spielen, die Schach spielen wollten, sollten die Poker spielen, die pokern wollten, sollten sie Tee trinken, sich unterhalten oder lesen, wie sie wollten. Du gingst allein zum Badestrand am Meer. Der Badestrand war nur für Verwaltungskader zugelassen. Der öffentliche Badestrand an der Mole sah von weitem aus, als hätte man Teigtaschen ausgelegt. Dicht aneinandergedrängt lagen rote, blaue, grüne, gelbe, bunte Badehosen über den ganzen Strand verteilt, im Wasser sah man nur noch Menschenköpfe. Der exklusive Strand hier dagegen war ganz leer. Nur ein paar mittelalterliche, dickliche Männer und Frauen zwischen alten Damen und Herren und ein paar Jugendlichen wie du und ich planschten im seichten Wasser herum, auf dem schwarzer Schaum vermischt mit Schlamm trieb. Jetzt endlich konntest du unbeschwert hinausschwimmen. Früh am morgen war das Wasser tatsächlich noch etwas kühl, und du bekamst am ganzen Körper eine Gänsehaut. Doch als du erst einmal bis zur Brust ins Wasser gegangen warst, den Kopf untergetaucht hast und ein bisschen weiter geschwommen bist, fiel es dir gar nicht mehr auf.

Am frühen Morgen bei Ebbe ist das Wasser sehr still. Du drehtest dich um und schwammst auf dem Rücken. Es war äußerst angenehm, nur ganz leicht Hände und Füße bewegen zu müssen und den Körper vom Wasser tragen zu lassen. Die Tiefe des Meeres lockte. Die Sonne blendete die Augen und du blicktest mit blinzelnden Augen in den azurblauen Himmel. Ein paar weiße Wolken schwebten in der Luft und lösten sich vor deinen Augen wieder auf. Dein Körper schaukelte in den Wellen des Meeres und du betrachtetest den allmählichen Auflösungsprozess der weißen Wolken. Du fühltest dich außerordentlich wohl. Du bemerktest die extreme Tiefe des blauen Himmels, der die weißen Wolken verschlang, und dir fiel auf, dass er immer blauer wurde. Ganz am Ende wurde der Himmel blaugrau und hatte dort wieder ungefähr die Farbe des Meeres. Das Meer wiederum trug ein Blau, das ein wenig Grün hindurchschimmern ließ, und war realer und kraftvoller in der Weise wie es dich trug. Eine Welle kam angerollt und überspülte dein Gesicht mit Meerwasser.

Du spucktest das salzige Meerwasser aus und verschlucktest dich ein bisschen. Du drehtest dich um und bewegtest dich auf die Welle zu, die sich glatt wie Seide aufrollte. Das Wasser reichte dir hier ganz offensichtlich schon längst über den Kopf. Du hobst deinen Kopf hoch, prustetest das Wasser aus und schautest um dich. Die Frauen und Männer, die sich eben noch auf der seichten, gelbtrüben Sandbank getummelt hatten, waren wieder ans Ufer zurückgekehrt. Alles sah ganz winzig aus. Auch ihre fetten Bäuche und Brüste konnte man gar nicht mehr genau erkennen.

Du spürtest den Wind über dem Meer, kühl und herzerfrischend. Weiter vorne sahst du ein kleines Holzboot, hinter dem Boot schwammen Markierungen von Schutznetzen gegen Haifische. Als du von einer anrollenden Welle emporgehoben wurdest, hüpften diese schwarz-grauen Markierungen auf der Wasseroberfläche auf und ab.

Die Welle schlug gegen das Seitenteil des Bootes. Das konnte man ganz genau und klar hören. Der Wind schien die lärmenden Stimmen vom weit entfernten Strand weggefegt zu haben, denn es ließ sich nichts mehr vernehmen außer der weißen rollenden Gischt der Meereswogen und dem hellen Klatschen des Wassers gegen die Seitenwand des Bootes. Du schwammst etwas näher an die moosbedeckte Schiffseite heran. Das Holzboot hatte immerhin die aufgewühlte Meereswelle aufhalten können und war gar nicht so klein.

Du tastetest den glitschigen Bootskörper ab. Am Bootsende hing ein Stahlseil herab, daran hieltest du dich fest, um auszuruhen. Am unteren Ende des Seiles lag bestimmt ein schwerer eiserner Anker. Der Bootskörper sprang hin und her, als wollte er sich von der engen Verkettung des Taues losmachen. Die Meereswogen waren stark und kraftvoll. Du tauchtest unter und machtest die Augen weit auf. Das Wasser war äußerst klar. Als du deinen Kopf wieder aus dem Wasser strecktest, erschreckte dich ein merkwürdiges Geräusch. Es war sicher ein Schrei gewesen, es hatte geradezu wie das Aufheulen einer wilden Bestie geklungen. Sofort kam dir der Gedanke, dass es ein Seewolf gewesen sein könnte. Fast gleichzeitig fiel dir wieder ein, dass es Ungeheuer wie Seewölfe freilich gar nicht gab. Da war aber doch dieser Schrei gewesen. Jetzt hörte man nichts mehr. Nur das Getöse der Wogen und das helle Wellenschlagen gegen die Bootsseite. Inmitten der Brandung und des Klatschens erklang nun auch eine Art schweres Aufseufzen, wieder hörte es sich an, als käme es von einem wilden Tier, jedenfalls sicher nicht von irgendeiner Art Fisch. Da du aber von Meeresdingen nicht viel Ahnung hattest, konntest du nichts mit Sicherheit sagen. So klammertest du dich am Ende des Bootes fest, zogst die Schultern aus dem Wasser und horchtest angestrengt um dich. Es kam von oben, aus dem Meereswind, ein heulendes Geräusch. Um dich herum auf der Wasseroberfläche war rein gar nichts zu sehen, weit und breit nur rollende Meereswogen und hüpfende weiße Gischt auf den Wellenkämmen. Dort, wo der Wellenbrecher am weitesten ins Meer reichte, war er vom Wasser überspült. Auch hinter dem Wellenbrecher tanzte nur weiße Gischt. Auf der Mole selbst sah man überhaupt nichts. Unwillkürlich kam dir Angst, Angst vor dem Meer. Bevor du zurückschwimmen würdest, wolltest du dich wieder fassen und beruhigen. Vom Heck aus griffst du nach dem Bootsrand und klettertest in das Boot hinein.

Das Bootsheck hüpfte heftig auf dem Wasser herum. Deine Arme reichten gerade an den Bootsrand herauf und du zogst deinen Körper aus dem Wasser heraus, was dich alle Kraft kostete. Die Bootsseite, die moosbedeckt und glitschig aussah, war in Wirklichkeit hart und fest und barg irgendwelche scharfen Stücke in sich, die dir die Knie aufritzten. Meerwasser drang in die Wunde und brannte durch das Salz wie Feuer. Du klettertest oder, besser gesagt, rolltest in das Boot hinein, wobei du dir auch einen roten Schnitt in der Brust einhandeltest. Und er, dieser Kerl, lag alle viere von sich gestreckt mit dem Gesicht nach oben am Bug des Bootes und beobachtete dich, wie du plötzlich regungslos verharrtest. Du setztest dich am Heck nieder und verschnauftest. Und er gegenüber beobachtete dich auch noch dabei – nein, er sah über dich hinaus, er beobachtete den Himmel. Du warst für ihn überhaupt nicht anwesend. Ja, so ein Typ war das eben. Es gab natürlich auch keine Veranlassung, ihn zu grüßen, sonst hattest du ihn ja auch nie gegrüßt. Er stand auf, wippte ein bisschen mit dem Schaukeln des Bootskörpers, drehte sich um, spreizte die Beine auseinander, stellte sich an den Bug und stemmte die Arme in die Hüften. Am ganzen Körper glänzte seine Haut schwarz. Als die Gischt am Bug aufspritzte und seinen Körper benetzte, glitzerte sie funkelnd. Da er gerade noch ganz trocken in der Sonne am Bug gelegen war, musste er sich schon eine ganze Weile auf dem Boot befinden.

Jetzt erst begriffst du. Wahrscheinlich hatte er jeden Tag hier allein auf dem Boot verbracht. Sonst hätte er in der kurzen Zeit auch nicht so dunkelbraun werden können.

Als du nun ebenso aufstandst, schaukelte das Boot so heftig, dass du in der Hüfte abknicken und dich am Bootsrand abstützen musstest. Dieser Kerl hatte schon gelernt, sich allein auf dem Boot zu bewegen, und behielt das Gleichgewicht. Unwillkürlich empfandst du Bewunderung für ihn, Bewunderung für diese Arroganz und diesen Blick seiner Augen, in dem Menschen keinen Platz hatten.

»Ah – ah – ah.«

Der Wind trug seine Stimme wieder zurück. Dann hatte dieser Kerl nur Stimmübungen gemacht, verdammt, das hätte man sich ja denken können.

»Ah – Ah.«

Seine Stimme erlosch im Meereswind. Breitbeinig, die Hände in die Hüften gestemmt, stand er frei am Bootsbug und war bis auf seine eng am Hintern klebende Badehose schwarzgebrannt, wie ein Schlammfisch.

»Ah – ah – ah.«

Man könnte meinen, er sänge, doch traf er keinen Ton und hatte auch keinen Text. Wissen die Götter, was er da sang – er war schon wirklich ein komischer Kauz. Bestimmt hatte er Depressionen und großen Kummer, wovon nur kein Mensch wusste, und konnte all dies nur dem großen Meer mitteilen, aber mit keinem Menschen darüber sprechen. Daher wolltest du ihn nun doch begrüßen und mit ihm ein paar freundliche Worte wechseln. Er war bestimmt schon sehr lange so depressiv und brauchte doch Kontakt zu irgendjemand.

»Hallo!«, sprachst du ihn an.

Er stand am Bug, rührte sich nicht und starrte weiterhin konzentriert auf das Meer.

»Ha – lo!«, riefst du ihm mit lauter Stimme zu.

Er wandte sich um und schaute dich an. Gerade als du ihn ansprechen wolltest, drehte er sich zurück und stand wieder unbewegt da.

Eine breite Woge rollte heran. Vorne, am Horizont konnte man sie glitzernd aufflackern sehen, dann erhob sie sich, breitete sich rasch zu einer weitgezogenen langen Linie aus, entrollte sich glatt und ruhig und stieg immer höher an. Kurz bevor sie sich dem Boot näherte, spritzte der Schaum über den Wellenkamm hoch und funkelte im Sonnenlicht wie ein Blitz. Schnell krümmtest du den Rücken, beugtest dich nach vorn und packtest mit beiden Händen die Bootsseiten. Das Boot bäumte sich hoch auf, der Bootskörper schaukelte wild und heftig hin und her. Er stand da wie zuvor. Nur für einen kurzen Moment, als er umzufallen drohte, hatte er seine Hand von der Hüfte genommen und knapp den Bug berührt, dann stand er wieder sicher. Die Welle war vorüber, das Heck schaukelte noch zweimal hin und her. Auch du erhobst dich wieder, unsicher schwankend.

»Hal- lo!«

Schriest du ihn so laut an, um deine Anspannung loszuwerden? Um ihn wütend zu machen? Oder warst du selbst wütend geworden? So genau konntest du das auch nicht sagen. Jetzt erst drehte er den Kopf herum. Um seine Lippen hing deutlich ein Lächeln. Kein belustigtes, sondern ein richtig freundliches, das keinen Zweifel bei dir zuließ. Und wie die Gischt aus der Tiefe des Meeres hervorsprudelt, fingst auch du an zu lachen, aus tiefem Herzen. Genau so natürlich und ohne weiter darüber nachzudenken, erwidertest du seine Freundlichkeit.

»Ah – ah.«

Seine lauten Rufe flatterten wieder mit dem Meereswind davon. Wie eine Antwort erklang daraufhin das helle Plätschern gegen die Bootswand.

»Ha – lo.«
Auch du fingst wieder an zu schreien, aber nicht zu ihm.
»Ah – ih – oh – eh – uh.«
Laut und falsch sang er die fünf Töne heraus, und rief damit voller Inbrunst das Meer an.
»Ha – lo, hallo.«
Auch du brülltest deine Rufe an das Meer, die verschwommen ferne und lebendige Natur.
Nicht weit entfernt hüpften die Markierungen der Hai-Schutznetze nicht mehr schwarzgrau, sondern – im Licht der Sonne und dem silbrigen Funkeln des Meeres – wie eine Kette weißer Perlen heftig auf und ab, als wollten sie sich aus den meerestiefen Fesseln befreien.
»Ah – ih – ah – ha – ya.«
Er hörte nicht auf zu singen. Er sang dem Meer zu, der lebhaft rauschenden Natur, dem grenzenlos weiten Horizont und seinen rollenden Fluten.
Weit entfernt, zwischen Himmel und Meer, fuhr ein silberweißer Kreuzfahrtsdampfer, winzig wie ein kleines Spielzeug. Als hätte er

sich schon vom Meer losgemacht und schwebte am Himmel. Dass er sich doch ganz langsam und gemächlich voranbewegte, ließ sich kaum wahrnehmen. Er hob beide Arme in die Höhe und winkte ihm einen Gruß zu. Dazu sang er seine unmusikalischen Lieder, die keinen Text kannten. Das Tosen der Meereswellen und das helle Klatschen gegen die Bordwand begleiteten seine Geräusche immer heftiger und aufgeregter, nacheinander rollten sich weißschimmernde glänzende Wellen auf. Die Flut begann ...

Irgendwann setzte er sich wieder ins Boot und blickte weiterhin auf das endlos weite, ständig bewegte Meer. Nur noch ein Schatten des Ozeandampfers ließ sich rechts hinten am Horizont erahnen, und wenn du ihn nicht schon vorher mit den Blicken verfolgt hättest, wäre er kaum noch am Übergang zwischen Himmel und Erde auszumachen.

Barfuss stiegst du auf den Bootsrand und stürztest dich mit einem Plumps ins Meer. Du schwammst ans Ufer und wurdest von der

Flut zurückgetrieben. Du warst glücklich, du meintest, du seiest noch nie so glücklich gewesen.

Und dann? Ja, dann sind noch ein paar Tage vergangen, der Erholungsurlaub war vorbei und wir fuhren zurück. Während der ganzen Zeit haben wir keinen Satz miteinander geredet. Wir kehrten zurück in die Behörde, gingen ins Büro und wieder nach Hause und aßen mittags in der Kantine. Wie früher sah ich ihn fast jeden Tag. Wie früher habe ich bis heute nicht mit ihm gesprochen. Aber wenn du ihm leicht zunickst, nickt er dir auch kurz zu, und dann ist fast schwer zu sagen, wer zuerst genickt hat. In seinen Mundwinkeln spielt sogar ein Lächeln. Dann regt sich etwas in dir, tief im Herzen, erweist sich von selbst im Einklang mit der Natur. Natürlich meint er es freundlich. Und plötzlich findest du diesen Menschen gar nicht mehr so komisch.

Beijing, 19.3.1983

Der Krampf

Ein Krampf. Jetzt hat er einen Krampf im Bauch. Natürlich war er davon ausgegangen, dass er noch weiter hinausschwimmen kann, aber jetzt, einen Kilometer vom Ufer entfernt, bekommt er einen Krampf im Bauch. Zuerst denkt er, die Bauchschmerzen würden mit etwas Bewegung wieder verschwinden. Doch verhärtet sich der Bauch immer mehr. Er hält ein und tastet mit den Fingern einen harten Knoten in der rechten Bauchmuskulatur. Ihm ist klar, dass dies ein Bauchmuskel-Spasmus ist, der von der Kälte des Wassers herrührt. Er hatte sich wieder nicht genug aufgewärmt, bevor er ins Wasser gegangen war. Er hatte nach dem Abendessen das kleine weiße Gebäude des Gästehauses verlassen und war allein an den Strand gegangen. Die Herbstwinde waren schon zu spüren, der Herbstanfang war schon vorbei. Daher gingen nur sehr wenige Leute abends noch einmal ins Wasser. Die meisten unterhielten sich oder spielten Poker. Mittags lagen noch viele Männer und Frauen am Strand, aber jetzt spielen nur fünf oder sechs junge Leute Volleyball, ein Mädchen in einem roten Badeanzug und ein paar junge Männer. Ihre Badekleidung trieft noch vor Nässe, denn sie sind gerade aus dem Wasser gekommen.

Wahrscheinlich haben sie die eiskalten Herbsttemperaturen des Meerwassers nicht ausgehalten. Soweit man die Uferlinie verfolgen kann, ist kein einziger Mensch im Wasser. Er war geradewegs ins Wasser hineingegangen und hatte sich nicht einmal umgedreht. Vielleicht würde das Mädchen ihn ja gerade beobachten. Von hier aus kann er sie nicht mehr sehen. Er wendet den Kopf und blickt gegen das Sonnenlicht. Die Sonne geht gerade hinter den Bergen unter, gleich wird sie hinter dem Berghügel verschwinden, dort beim Aussichtsturm ›Meeresblick‹ in der Nähe des Sanatoriums. Die leuchtenden, letzten gelben Strahlen blenden noch immer die Augen. Der Aussichtsturm auf der Hügelspitze, die schemenhaften Wipfel am Strandweg und die schiffartigen Konturen der oberen Stockwerke des Sanatoriums lassen sich noch erkennen.

Darunter wölben sich Meereswogen, reflektieren die Strahlen der Sonne. Ob sie noch Volleyball spielen? Er strampelt mit den Beinen. Nur weiße Schaumkronen auf der grünschwarzen Meeresoberfläche und das Tosen der Brandung um ihn herum, kein einziges Fischerboot ist unterwegs. Er dreht sich um, eine Woge hebt ihn empor. Vorne lässt sich in einer grauschwarzen Welle ein schwarzer Punkt ausmachen, aber er ist noch weit, weit entfernt.

Er gerät in das Wellental, die glatte Meeresoberfläche entschwindet seinem Blick. Aus dieser schrägen Perspektive erscheint das Meereswasser schwarz und dunkel, glatter und glänzender als Satin. Der Krampf im Bauch wird stärker und schmerzhafter.

Er dreht sich auf den Rücken und treibt auf

der Wasseroberfläche. Mit der rechten Hand massiert er den harten Teil des Bauches, so lassen die Schmerzen etwas nach. Als er über seinen Kopf nach hinten blickt, sieht er eine weiße Federwolke. Das bedeutet wohl, dass der Wind dort noch stärker geht.

Mit dem Auf und Ab der Meereswogen wird er emporgehoben oder versinkt zwischen den Wellenkämmen. Sich so treiben zu lassen, ist aber auch keine Lösung. Er muss schleunigst zum Ufer zurückschwimmen. Daher dreht er sich um und stößt kraftvoll die Beine zusammen, um gegen Sturm und Wogen anzukommen und Geschwindigkeit zu erlangen. Da meldet sich der Schmerz im Bauch wieder, der eben kurz nachgelassen hatte. Und noch schneller verhärtet sich diesmal die rechte Bauchhälfte und wird steinhart. Sofort schlägt das Wasser über seinem Kopf zusammen. Er sieht nur noch schwarzgrünes Wasser um sich, das nun extrem klar und durchsichtig ist. Es wirkt ganz still und friedlich und wird nur durch die Kette von Luftblasen gestört, die er hastig ausstößt. Dann hebt sich sein Kopf wieder aus dem Wasser. Er schlägt die Augenlider nieder, um das Wasser von den Wimpern abzuschütteln. Er kann noch immer nicht die Uferlinie sehen. Die Sonne ist schon untergegangen. Über der wellenförmigen Hügelkette erstrahlt der Himmel rosarot. Ob sie noch Volleyball spielen? Dieses Mädchen, alles wegen eines roten Badeanzuges. Er muss sich dem Schmerz ergeben und taucht wieder unter. Schnell rudert er mit beiden Armen im Wasser, holt wieder Luft, verschluckt das salzige Meerwasser, muss sofort loshusten, fühlt die Nadelstiche in seinem Magen. Er muss sich flach aufs Wasser legen, Arme und Beine von sich gestreckt. Die kleine Entspannung lindert den Schmerz sofort. Über seinem Scheitel hat sich der Himmel nun dunkelgrau verfärbt. Ob sie noch Volleyball spielen? Das war die entscheidende Frage. Ob dieses Mädchen im roten Badeanzug wohl bemerkt hat, dass er ins Wasser gegangen ist? Und ist dieser schwarze Punkt hinter ihm weit draußen auf dem Meer ein kleines Boot? Oder ist es nur Treibgut, das sich irgendwo losgerissen hat? Wird sich irgendjemand um seinen Verbleib Gedanken machen? Im Augenblick ist er allein und auf sich selbst gestellt. Selbst wenn er schrie – ist da dieses monotone, pausenlose Brausen des Meeres. Als er auf dieses Tosen der Brandung aufmerksam wird, fühlt er sich einsam wie nie zuvor. Er wird kurz hin und her geschaukelt und gleicht die Schwankung hastig wieder aus. Da gerät er in eine eiskalte Strömung, die keinen Widerstand zulässt und ihn vollkommen einhüllt. Haltlos wird er von ihrem kalten Sog weggerissen. Er wendet sich um, rudert mit der linken Hand, hält mit der rechten seinen Bauch und knetet die verhärtete Stelle, sobald er die Beine ausschert. Der Schmerz wird so ein wenig erträglicher. Er muss sich jetzt ganz auf die Kraft seiner Beine verlassen, um sich irgendwie aus der kalten Strömung zu befreien, das ist ihm klar. Ob er den Schmerz erträgt oder nicht, ist jetzt egal, er muss ihn aushalten. Es ist seine einzige

Rettung. Er darf das alles nicht so ernst nehmen. Aber auch das ist egal. Er hat einen Bauchmuskelkrampf und befindet sich im tiefen Meer, einen Kilometer vom Ufer entfernt. Vielleicht ist es kein ganzer Kilometer mehr. Er hat das Gefühl, parallel zur Uferlinie entlang zu treiben. Die Stoßkraft seiner Beine reicht gerade gegen den Sog der kalten Strömung an. Er muss sich befreien. Wenn er ein zweites Mal unter Wasser gerät, würde er verschwinden wie jener schwarze Punkt im dunkelgrauen tiefen Meer. Er muss den Schmerz erdulden, er muss ihn aushalten. Er muss kräftig mit den Beinen treten. Er darf kein bisschen nachlassen und sich auf keinen Fall verspannen. Treten, Atmen und Massieren müssen genau aufeinander abgestimmt werden. Er darf keinen anderen Gedanken zulassen. Er darf sich vor allem keine Angst erlauben. Die Sonne geht wirklich schnell unter. In der trüben Dunkelheit über dem Meer sind auch die Lichter am Ufer nicht mehr zu erkennen. Nicht einmal das Ufer, die wellenförmige Hügelkette, kann er mehr sehen. Wo schwimmt er denn hin? Dem kurzen Schreck folgt sofort ein Magenzucken und er fühlt einen stechenden Schmerz. Zur Entspannung schwingt er die Beine hin und her. Dem Brennen an den Fußsohlen nach zu urteilen, ist er nun mit den Tentakeln einer Qualle in Berührung gekommen. Richtig, neben ihm im Wasser sieht er das grauweiße Geschöpf. Um ihre Lippen treiben die Membranhäutchen wie Speichen eines aufgespannten Schirms. Er könnte sie ohne Probleme mit einer Hand packen, und die Öffnungen an den Fühlerenden auskratzen. Von den Kinder im Ort hatte er ja in diesen Tagen gelernt, wie man Quallen fängt und in Salz einlegt. Unter seinem Fenster im Gästehaus hatten sie sieben mit Steinen fixierten Quallen die Tentakeln ausgekratzt, und Salz aufgetragen. Wenn das Wasser ganz herausgezogen war, würde nur noch ein langes Stück verschrumpelte Quallenhaut übrigbleiben. Von ihm wird auch nur ein Stück Haut zurückbleiben, ein Leichnam.

Vielleicht wird er nicht einmal an den Strand zurückgetrieben. Lasst ihn doch leben, frei und unbeschwert! Er will leben! Er wird auch keine Quallen mehr fangen, wird auch nie wieder ins Wasser gehen. Wenn er nur zurück ans Ufer gelänge! Er tritt angestrengt mit den Füßen und massiert mit der rechten Hand seinen Bauch. Weiter denkt er nicht mehr. Er denkt nur noch an den Rhythmus seiner Beine, die das Wasser zurückstoßen. Er sieht die Sterne, die wunderschön leuchten. Das bedeutete doch, dass sein Kopf nun quer zur Uferrichtung liegt. Der Knoten im Bauchmuskel hat sich aufgelöst. Leicht und vorsichtig massiert er ihn trotzdem weiter, selbst wenn er dadurch etwas langsamer ist ...

Der Strand ist menschenleer, als er aus dem Meer ans Ufer tritt. Die Flut hatte gerade erst eingesetzt. Also hatte ihm auch die Kraft der Gezeiten geholfen, denkt er. Der Wind bläst gegen seinen nackten Leib, draußen ist es noch kälter als im Wasser. Er zittert am ganzen Körper. Er legt sich bäuchlings auf den

Strand, doch selbst der Sand ist nicht mehr warm. Dann springt er auf und läuft los. Er musste sofort allen erzählen, dass er gerade dem Tod entkommen war.

In der Vorhalle des Gästehauses spielen sie noch immer Poker, dieselbe Runde. Alle blicken gebannt auf die Miene des Gegenübers oder die eigenen Karten in der Hand. Keiner von ihnen hebt überhaupt den Kopf, um ihn anzusehen. Er kehrt in sein Zimmer zurück. Seine Mitbewohner sind auch nicht da. Wahrscheinlich unterhalten sie sich im Zimmer nebenan. Er nimmt das Handtuch vom Fenstersims. Die mit Steinen fixierten und in Salz eingelegten Quallen da unten sind noch mit Wasser durchtränkt, das weiß er.

Später nimmt er ein paar Kleidungsstücke und die Lederschuhe und geht, schön warm angezogen, noch einmal allein an den Strand. Er hört das Tosen der Brandung. Der Wind ist noch stärker geworden, grauweiße Flutwellen rollen hintereinander heran und stürmen gegen den Sand an. Kaum über das Ufer gespült, breitet sich das schwarze Wasser so schnell über den Strand aus, dass er nicht schnell genug weglaufen kann.

Es schwappt über seine Schuhe. Etwas weiter vom Ufer entfernt rennt er im Dunkeln den Strand entlang. Auch die Sterne leuchten nicht mehr. Dann hört er ein Gespräch zwischen einem Mann und einer Frau und sieht drei Schatten. Er bleibt stehen. Sie schieben zwei Fahrräder, auf dem Rücksitz des einen sitzt ein Mädchen mit langen Haaren. Das Rad fällt in den Sand. Der Schatten, der das Fahrrad schob, muss sich sichtlich anstrengen. Sie sprechen weiter und lachen. Die Stimme des Mädchens, das auf dem Rücksitz bleibt, klingt besonders fröhlich. Sie halten in seiner Nähe an und stellen die Räder ab. Einer der jungen Männer nimmt eine große Tasche vom Rad und gibt sie dem Mädchen. Dann beginnen sie, sich auszuziehen.

Die beiden Männer sind spindeldürr. Sie entkleiden sich und schlackern mit den Armen. Sie laufen auf dem Sand hin und her und

rufen: »Mensch ist das kalt, ist das kalt!«
Dazu das alberne Kichern des Mädchens, als
ob es sie ausschimpfen wollte.
»Wollt ihr jetzt was trinken?«, fragt sie. Man
sieht nur ihre an das Fahrrad gelehnte Silhou-
ette. Die beiden kommen herüber und nehmen dem Mädchen die Weinflasche ab. Sie
trinken abwechselnd aus der Flasche, geben
sie ihr zurück und rennen ins Meer hinein.
»Ah – ah!«
»Ah –!«
Die Wellen tosen, die Flut steigt weiter.
»Kommt schnell zurück!«, schreit das Mädchen, doch nur das Spritzen und Brausen der
Wellen antwortet ihr. Das Wasser am Ufer
reflektiert feine Lichtstrahlen, und jetzt kann
er das Mädchen besser sehen. An den Sattel
gelehnt, hält es eine Krücke unter dem Arm.

Am Abend des 22. Dezember 1984

Mutter

Mama, wo kommst du denn her? Nein, geh nicht! Über zwanzig Jahre habe ich dich nicht mehr gesehen, ich erkenne dich ja kaum wieder, so lange ist das her. Seit jenem Sommer habe ich dich nicht mehr gesehen, als ich noch an der Universität war, im vierten Semester – oder nein, einmal bist du mir im Traum erschienen, doch, in einem trüben, verschwommenen Traum. Du hast dich nicht verändert. Du siehst immer noch aus wie auf dem Photo, das schon ganz vergilbt an der Wand außen vor unserer Tür hängt. Es war kurz nach meiner Geburt aufgenommen worden, du lehnst an der Balustrade. Auf der Balustrade steht eine Blumenschale. Du trägst ein enges traditionelles Kleid, einen Qibao. Ich habe dieses Kleid einmal gesehen, als du den Koffer ausleertest um aufzuräumen. Es war aus leichtem Kreppleinen, mit gelbem Blumenmuster auf dunkelgrünem Hintergrund, der Stoff war vom Waschen schon ganz dünn geworden, so dünn und fadenscheinig wie das Futter von alten Steppdecken. Mama, besser nenne ich dich Mutter mit meinen über 40 Jahren, seit 23 oder 24 Jahren habe ich dich nicht mehr Mama genannt. Fragten andere Leute nach dir oder kam ich auf dich zu sprechen, sagte ich immer »meine Mutter macht dies« oder »meiner Mutter geht es …« Als du mich verlassen hast, warst du noch jünger als ich jetzt, neunzehnhundert … einundsechzig bist du gestorben. Ich kann mich nicht einmal genau erinnern, wie alt du bei deinem Tod warst – solch ein treuloser Sohn bin ich dir! Kannst du mir nicht verzeihen? Ich habe tatsächlich nicht oft an dich gedacht, nur manchmal blitzte ein Gedanke an dich auf, aber verschwand auch gleich wieder. In manchen Zeiten, sogar fast über Jahre hinweg, habe ich nicht ein einziges Mal ernsthaft an dich gedacht. Ich hatte sogar die Anmeldebescheinigung für deine Grabstelle verloren und dann nicht gewagt, Vater oder dem kleinen Bruder davon zu berichten. Zum Glück kannte der kleine Bruder dein Grab. Als ihr beide nach Vaters Tod in ein Grab zusammengelegt werden solltet, konnte nur der kleine Bruder dein Grab auf dem abschüssigen hügeligen Friedhofsgelände ausfindig machen. Auf diesem riesigen Friedhof lag dein Grab am Rande eines Weges, wie ich mich erinnere. Um die neuen Gräber ringsherum waren stellenweise kleine Gewächse in die gelbe Erde gesetzt. Später brachte mich eine Dienstreise wieder für einige Tage in meinen Heimatort. Der Totengedenktag stand bevor und so gingen wir auch dein Grab richten. Da hatte sich der Weg schon weit von deiner Grabstelle wegbewegt, denn der Friedhof hatte sich beträchtlich ausgedehnt. Trotzdem war es nicht schwer zu finden – aber auch das ist schon 15 oder 16 Jahre her.

Warum war dein Grab eigentlich so klein? Verfallen lag es zwischen den anderen Gräbern, alle von Unkraut überwuchert. Dein Grabstein war von einer spitzdornigen Kletterranke fast völlig zugedeckt worden. Erst wenn man sie mit einem Stock anhob, konnte man deinen Namen lesen. Auch die Namen der beiden Brüder, die den Stein gestiftet hatten, waren schon halb in der lehmigen Erde versunken. Selbst auf die Auswahl dieses Grabsteines hatte ich keinen Einfluss nehmen können, wie konnte er nur so erbärmlich klein sein, nur knapp einen Zoll ragte er aus der Erde in die Höhe – auf deinen Beerdigungstermin mussten wir dafür drei Jahre warten. Bei deiner Beerdigung war ich nicht einmal anwesend. Und später, als ich dann einmal die Familie zum Frühlingsfest besuchte, musste mich sogar der kleine Bruder daran erinnern – das war vielleicht am 4. oder 5. Tag des neuen Jahres –, ›doch mal zu Mama zu gehen‹. Sonst wäre ich wohl einfach abgefahren. Mutter, ich bin ein pietätloser Sohn ... Du hast dagegen sicher noch bei deinem Tod an mich gedacht, eigentlich bist du ja nur meinetwegen gestorben – und ich habe dich einfach vergessen. Du hast einen treulosen Sohn geboren. In den letzten Jahren ist er ständig und nur noch in eigener Sache unterwegs, er kümmert sich nur noch um seine Aufgaben, kann an nichts anderes mehr denken und ist ein nüchterner, egoistischer Mensch geworden. Ja, er ist jetzt erfolgreich: Man findet seinen Namen in vielen Büchern oder Zeitungen, er war im Radio und im Fernsehen, seine Stücke werden an vielen verschiedenen Orten gleichzeitig gespielt und er ist, wie es sein Wunsch gewesen war, ein Schriftsteller geworden. Seit seiner Kindheit hatte er davon gesprochen, Schriftsteller zu werden. Mama, erinnerst du dich? In den Sommerferien war er von der Universität nach Hause zurückgekehrt, achtzehnjährig und doch wie ein Kind. Du sagtest ihm, er solle sich neben dich legen und dir von der Schule erzählen. Er sagte, er schriebe gerade ein Theaterstück, und sobald sein Stück einmal aufgeführt wäre, würde er mit einem Schlage berühmt, und du, Mama, müsstest dann unbedingt zur Premiere kommen. Damals hast du gelacht, Mama, du hast Tränen gelacht und fandst deinen ältesten Sohn ganz schön vorlaut. Daraufhin und schon so früh hat er dich abgeschoben in eine andere Welt, die so kalt und finster war. Er hat es dir nicht einmal gegönnt, deine sterblichen Überreste anzuschauen. Er war in der Bibliothek gewesen, um Bücher auszuleihen. Die Semesterabschlussprüfungen waren vorbei. Er hatte vorgehabt, einen Stapel Bücher über die Sommerferien mit nach Hause zu nehmen, und eine lange Leseliste angefertigt. Sein Wissensdurst war nicht zu stillen, doch sein Herz war leer. Der Sekretär des Fakultätsbüros war herüber gekommen und hatte ihn gefragt: »Wann fährst du nach Hause?« – »Das Ticket ist schon bestellt. Sobald die Ferien anfangen, fahre ich.« Du hattest natürlich keinerlei böse Vorahnungen. Von zu Hause war ein Telegramm gekommen, aber es wurde dir freilich nicht übergeben, die Lehrer deines Seminars deuteten nur an, dass du schnell nach Hause fahren solltest. Und du hast dir nichts dabei

gedacht? Du hast auch nicht genau nachge-
fragt. Warst du einfach nur nachlässig? Du
hast ja sogar noch einen Tag in der Stadt verbracht, um Bücher zu kaufen – als Mitbringsel
hast du nur eine Schachtel kandierte Früchte
besorgt, und zwar eine kleine Schachtel kandierte Früchte. Den Rest deines Taschengel-
des hast du nur für Bücher ausgegeben. Dann
nahmst du auch noch den langsamen Bum-
melzug, der in den Sommerferien für die
heimreisenden Studenten eingesetzt wurde,
um zusätzlich etwas Geld für weitere Bücher
zu sparen. Das Reisegeld, das deine Mutter
dir vor zehn Tagen geschickt hatte, wäre für
einen Schnellzug mehr als genug gewesen.
Im überfüllten, schwülen Zugabteil saßen sie
Fuß an Fuß und Schulter an Schulter wie Sar-
dinen in der Büchse, rollten sich abwechselnd
ins Gepäcknetz oder unter die Sitzbänke, um
ein Nickerchen zu halten. Der Wagen fuhr in
Bahnhöfe ein und wieder hinaus, zwei Nächte
lang und fast zwei Tage. Du lagst an zwei
große, in Segeltuch eingeschlagene Buchpake-

te gelehnt, eingezwängt unter lauter Büchern, und hieltst einen Wanderstab aus Dattelholz in der Hand. Es war das Geschenk eines Kommilitonen an seine Eltern, das du für ihn mitgenommen hattest. Dein kleiner Bruder erwartete dich auf dem Bahnsteig mit einer Gruppe von anderen Jungen, die als Nachbarkinder mit dir groß geworden waren. Alle liefen dir entgegen, nahmen dir deine Buchpakete ab und umringten dich. Du schwangst den Stock und lachtest und warst so unbeschwert und fröhlich. Diese junge Bande, die sich sehr gut in den Bus hätte drängeln können, hatte für dich ein Dreiradtaxi vor den Bahnhof bestellt, wofür sie normalerweise kein Geld ausgeben würden. Deine Freunde fuhren mit dem Fahrrad, vor, hinter und neben dem Dreiradtaxi, als wären sie deine Leibgarde. Von ihnen hatte keiner die Prüfung für eine so berühmte Universität geschafft. Du warst schon etwas Besonderes, und fandst diesen Aufwand deshalb auch irgendwie selbstverständlich. Auf dem Wagen schwangst du weiter hochtrabende und ausgelassene Reden, doch sie antworteten nur wortkarg mit ein zwei Sätzen. Trotzdem nahmst du noch immer nichts wahr, warst immer noch so begriffsstutzig und fragtest nicht mit einem Satz nach deiner Mutter. Erst als du ins Haus eintratst, dir der Vater entgegenstolperte, dich wehklagend begrüßte, erst da warst du wie vom Donner gerührt und brachtest dann vor Tränen keinen Laut hervor.

Im Sommer hatte man den Leichnam nicht aufbewahren können. Zwei Tage und zwei Nächte hatten sie auf dich gewartet. Sie verbrannten den Leichnam, einen Tag bevor du im Zug nach Hause geschaukelt kamst. Ich bin dir ein treuloser Sohn! In seinem Herzen war nur Platz für ihn selbst. Ja, er hatte eine Aufgabe, eine grandiose und spektakuläre Aufgabe, seine Ehre und seinen Ehrgeiz setzte er für dich als Mutter, für seine Epoche, für das Vaterland und für die Nation ein, er war wirklich großartig – und hatte dabei doch seine Mutter zugrunde gerichtet. Selbst den

Anmeldeschein für deine Grabstätte hat er verloren. Und du – immer wenn er nach Hause kam, hast du ihn verwöhnt und bewirtet, um ihn zum Bleiben zu bewegen, hast ihm feine Sachen gekocht, nahrhafte Kost, um ihn bei Kräften zu halten, hast Marken für die paar Pfund Eier, die damals pro Haushalt zugeteilt wurden, über viele Monate aufgespart, konntest nicht ein einziges Ei davon selbst essen, hast selbst die monatlichen Fleischmarken mit den Nachbarn getauscht, um dann bei seiner Rückkehr ein Festmahl für die ganze Familie bereiten zu können. Es war eine Zeit, in der Katastrophen vorherrschten, von Menschen und später von der Natur verursachte. Zwei Tage vor deinem Tod stellte Vater fest, dass du an Wassersucht littst. Du warst von der Staatsfarm zurückgekehrt. Eigentlich hattest du vier Tage im Monat frei, aber du bliebst nur einen Tag zu Hause und wuschst die schmutzige Wäsche. Sogar das wattierte Bettzeug hast du aufgetrennt und gewaschen, um für den heimkehrenden Sohn alles sauber und schön zu haben. Damit du dann mehr Zeit für ihn hättest, um mit ihm reden und deinen ältesten Sohn besser umsorgen zu können. Du hast den ganzen Tag pausenlos gearbeitet, damit du in aller Eile früher zur Farm zurückkehren und drei Tage sparen konntest, die du später mit deinem Sohn verbringen wolltest. Als du gingst, hattest du schwarze Ringe unter den Augen und deine Wangen hatten eine gelbliche Färbung angenommen. Vater sagte, er hätte dich noch nie so müde gesehen. Auch den Fisch, der auf der Farm ausgeteilt worden war, hattest du in Salz eingelegt und mit nach Hause gebracht. Nichts konntest du selbst essen – wie du dich gequält hast!

Du warst freiwillig auf diese Farm gegangen. In jedem Büro hatten sich zwar alle gemeldet, doch letztlich wollte keiner wirklich gehen. Keiner, der nicht die Last der Kinder oder gesundheitliche Gründe vorgeschoben hätte oder lieber erst mit einer späteren Gruppe gehen wollte. Nur du sagtest damals, deine

Kinder wären schon erwachsen, gesundheitlich ginge es dir gut und mit nicht einmal vierzig Jahren wärst du auch noch nicht zu alt. Du warst schon immer besonders aktiv und gingst bei allem als gutes Beispiel voran. Du übernahmst immer die größten, verantwortungsvollsten Aufgaben und wurdest mit den Jahren ›Bestarbeiterin‹. Trotzdem durftest du nicht in die Partei eintreten. Die Kader, die schließlich befördert wurden, hatten zwar weniger Punkte erreicht als du, doch du hattest Probleme mit dem Klassenhintergrund deiner Mutter. Man war sich nicht klar, ob sie eine Großgrundbesitzerin gewesen war. Sie selbst hatte früher zwar nie auf dem Land gelebt, aber es hieß, ihr Schwiegervater, der schon früh an einer Krankheit verstorben war, hätte eine Urkunde über den Besitz von Land besessen. Als Witwe hatte sie dann eigentlich immer mit dir zusammen gelebt, war als alte Frau in ihrem Temperament immer cholerischer geworden und hatte später gejammert, dass sie wieder in ihr Heimatdorf zurückgehen wollte. Daraufhin musstest du ihr jeden Monat ihre Lebensunterhaltskosten zuschicken. Und uns beide Brüder musstest du auch noch aufziehen und zur Schule schicken. Daß ich zur Universität ging, war eine noch größere Belastung für die Familie. Zusätzlich war der kleine Bruder in einer besonderen Wachstumsphase, weshalb du ihm auf dem Schwarzmarkt entsetzlich teure Hühnerküken besorgtest. Du sagtest immer, ich sei von meiner Statur her nicht so kräftig geworden, weil ich in meiner Wachstumsphase nicht so gut ernährt werden konnte, und hattest deswegen oft ein schlechtes Gewissen.

Einen ganzen Tag hatte dich die Hausarbeit beschäftigt. Am darauffolgenden Tag, noch im Morgengrauen bevor es hell wurde, hast du den ersten Bus genommen und bist auf die Farm zurückgekehrt. Du arbeitetest auf der Hühnerfarm. Du hattest noch nie mit Hühnern zu tun gehabt und jetzt konntest du es nicht mit ansehen, wie der Hühnerkot über die ganze Farm verstreut lag. Du warst ein extrem reinlicher Mensch, deine Arbeit verrichtetest du hier genauso gründlich wie zu Hause. Bei deinem Dienstantritt hast du immer zuerst einmal den ganzen Hühnerhof blitzblank gespritzt. Als an jenem Tag ein Kollege von der Nachtschicht nicht rechtzeitig aus der Stadt zurückgekommen war, hast du auch noch seinen Dienst übernommen. So konntest du dir einen zusätzlichen Urlaubstag verdienen – für deinen Sohn. Gleich nach der Rückkehr auf die Farm hast du also einen Tag und eine Nacht durchgearbeitet und deinen Dienst um fünf Uhr früh im Morgengrauen beendet. Müdigkeit konntest du nicht ausstehen und du legtest wirklich sehr viel Wert auf Sauberkeit. Während deine Zimmergenossen noch tief und fest schliefen, nahmst du die Waschschüssel und das Handtuch. Am Himmel wurden die ersten Anzeichen der trüben Morgendämmerung sichtbar. Du hattest immer solche Angst vor dem Flusswasser, du fürchtetest dich vor dem Fluss, weil dein kleiner Bruder mit fünfzehn Jahren beim

Schwimmen im Fluss ertrunken war. Du hast mir nie erlaubt, schwimmen zu lernen. Einmal war ich doch heimlich mit meinen Schulkameraden schwimmen gegangen und hatte die nasse Unterhose im Hof zum Trocknen auf die Leine gehängt. Als du sie nach der Arbeit entdecktest, gabst du mir einen so heftigen Hieb, dass der Bambusstock dabei zerbrach. Du hattest mich noch nie geschlagen – es war das allererste und das einzige Mal. Du hattest Angst vor dem Fluss, du fürchtetest das Flusswasser. Und dennoch legtest du so viel Wert auf Sauberkeit. Bevor der Morgen dämmerte, war das Flusswasser sicher noch finster und schwarz. Du ließt nur eine Waschschüssel am Ufer zurück. Ein Mitarbeiter der Kommune entdeckte dich morgens um acht, als er die Enten freiließ. Drei Meilen von der Farm entfernt triebst du auf der Wasseroberfläche ...

Mama, ist dir kalt? Du hattest erzählt, dein kleiner Bruder wäre dir im Traum erschienen. Bis auf die Haut durchnäßt und vor Kälte zitternd sei er vor dir gestanden und habe gesagt, dass ihm kalt sei, ihm sei so kal ... Mama, du hättest diese Welt nicht so früh verlassen sollen, nicht für deinen treulosen Sohn. Seine Werke hast du nie gelesen, nicht ein Theaterstück von ihm. Kein einziges Stück hat er dir gewidmet. Ich kann dir von den Augen ablesen, dass du mich verurteilst. Warum sagst du denn nichts? Du kannst mich beschimpfen, kannst mich auch schlagen, ja, schlag mich doch, fest und unerbittlich. Der Bambusstock soll dabei zerbrechen, das ist nur richtig, ich bin dein Sohn, dein treuloser Sohn! Ein Sohn, der seine Mutter vergessen hat. Warum träume ich nur von so vielen verschiedenen Menschen, von geliebten und ungeliebten Frauen, von bekannten und unbekannten Leuten, von bedeutenden und unbedeutenden Beziehungen – nur niemals von dir, meiner Mutter? In diesen zwanzig Jahren bist du nur einmal in meinen Träumen aufgetaucht, und selbst dieser Eindruck blieb ganz unklar und verschwommen, dass ich mich an keine Einzelheiten erinnern kann. Vielleicht habe ich auch gar nicht von dir geträumt, meine einzige Hoffnung, meine einzige Hoffnung ist nur, dass du mir ein wenig verzeihen kannst.

Ich hasse mich für meine Kälte und Gefühllosigkeit – dass ich damals das einzige Photo, das ich von dir besaß, während dieser großen und spektakulären Revolution, während dieser Umwälzung allen kulturellen Lebens, verbrennen konnte. Du trugst auch auf diesem Bild einen Qibao, aber es war nicht das Photo, das zu Vaters Lebzeiten draußen an der Wand gehangen hatte. Dieses war noch früher aufgenommen worden. Du hattest Papa gerade geheiratet, warst jung und schön. Vater hattest du mit 18 Jahren geheiratet. Auf dem Photo warst du vielleicht gerade neunzehn. Du hattest gesagt, dass du damals gerade mit mir schwanger gewesen seiest. Und ich habe dich einfach verbrannt, habe das teure Andenken an meine Mutter verbrannt, zusammen mit einigen Manuskripten. Man zerschlug damals gerade die ›vier alten Dinge‹ und überall wurden Häuser durchsucht. Ich befürchtete, diese Manuskripte, die ich nicht zu veröffentlichen vermochte, könnten großes Unheil anrichten. Deshalb verriegelte ich nachts die Zimmertür. Nur die Tischlampe brannte. Den Lampenschirm hatte ich tief nach unten gedrückt. Ich öffnete den Feuerofen, setzte mich davor und stopfte ein Bündel der Manuskripte nach dem anderen in die Ofenkammer hinein. Ich besaß ja auch noch einen ganzen Stapel von Lesenotizen, von Exzerpten aus Kants, Hegels, Horaz' und Eisensteins Werken, Notizen zu historischen Forschungen über das ›Reich des Himmlischen Friedens‹ oder klassische Mythologien, und natürlich meine eigenen Anmerkungen dazu, irgendwelche Gedanken oder bestimmte Schlussfolgerungen. In jenen Jahren reichte es doch schon, einen einzigen unangemessenen Satz – völlig aus dem Zusammenhang gerissen – als das grundlegende Denken einer Person zu interpretieren, um ein ›Delikt‹ feststellen zu können. Als ich dieses Notizheft zerriss, fiel dein Photo heraus.

Ich hob es vom Boden auf und warf es – ja ohne damals überhaupt zu zögern – in die Ofenkammer. Das Photo krümmte sich schmerzvoll und verfärbte sich rasch. Ich wollte es gerade noch einmal herausnehmen und einen Blick darauf werfen, da ging es mit einem Zischen in Flammen auf. Die Türen waren fest verschlossen. Der Ofen brannte, dass mir Schweißperlen auf die Stirn traten und sich auch auf dem Rücken der Schweiß ausbreitete. Ich fühlte mich wie ein Verbrecher. Doch nicht wegen des teuren Andenkens, das mir die Mutter hinterlassen hatte, und das ich hier verbrannte. Ich fürchtete nur entdeckt zu werden, wie ich belastendes Material vernichtete. Dabei hatte ich doch eigentlich gar kein Verbrechen begangen. Ich war ja kein Schweinehund aus den ›fünf schwarzen Klassen‹, und auch du, Mutter, warst in dieser Hinsicht doch lupenrein! Dein Schwiegervater war zwar in einer Bank beschäftigt gewesen und konnte deshalb als höherer Angestellter eingestuft werden; außerdem hatte er nie Hunger und Armut gelitten, jedenfalls wusste ich nichts davon. Aber einen höheren Angestellten zählte man noch immer nicht zu den fünf schwarzen Klassen. Mutter war lupenrein. Nach dem Abschluss der Mittelschule nahmst du sogar an der ›Bewegung zur Rettung des Vaterlandes‹ teil. Die Organisation soll damals noch eher einer Außengruppe der Untergrundpartei geglichen haben, hattest du gesagt. Nach deiner Hochzeit sagtest du dich von der Gruppe los, denn Vater wollte nicht, dass du dich auf politische Risiken einließt. Er wünschte sich ein friedliches Familienleben. Sein Leben lang blieb er ein ganz normaler, ein bisschen schwächlicher und gutmütiger Mensch. Ich erinnere mich noch an diese Lieder der Vaterlandsbewegung, die du mir als Kind beibrachtest, wie *Auf dem Sungari* oder *Ein Singmädchen in den Klauen des Feindes*. Früher hattest du in dem Stück *Leg deine Peitsche nieder* mitgespielt und mich und den kleinen Bruder zu Hause dabei die Schauspielerei gelehrt.

Wir führten *Der Spatz und die Krähe* auf und Vater war unser einziges Publikum, er lächelte und rauchte. Aber wegen dieses Qibao, nur wegen des geblümten Samt-Qibao, den du auf dem Photo trugst, und der natürlich zu den ›Vier alten‹ zählte und zudem noch aus Samt war, was sicherlich kein Zeichen für ärmliche Verhältnisse war, nur deswegen habe ich die wertvollste Erinnerung an dich verbrannt. Aus Feigheit, aus einer unerklärlichen Furcht heraus. So unerklärlich war sie nun auch nicht. Aus Furcht vor Mutmaßungen, dass auch ich ein Schweinehund sein könnte, ver- brannte der Sohn seine Mutter.

Mama, das also ist dein Sohn, den du mit der eigenen Muttermilch genährt hast. Er hatte nie eine Schwäche zugeben wollen und war doch in Wirklichkeit so schwach gewesen! Mama, sieh mich nicht so an, kannst du dei- nem treulosen Sohn denn nicht verzeihen? Ist mein Vergehen wirklich unverzeihlich? Wie traurig du aussiehst! Du sprichst kein Wort, betrachtest mich nur, auf dem Stuhl neben der

Tür mir gegenüber. Wieder trägst du einen Qibao, jenen Qibao, den du auf dem Photo trägst, das zu Vaters Lebzeiten draußen an der Wand hing. Deine Wangen sind eingefallen und du siehst mich mit klarem Blick an – sag doch etwas, Mama, hast du nicht noch so vieles zu sagen? Hast du nicht selbst noch vor deinem Tod, als du in dem dunklen schwarzen Flusswasser um dein Leben kämpftest, an deinen Sohn gedacht? Ein gewaltsamer Tod wurde angeblich ausgeschlossen. Bei der Obduktion entdeckte der Gerichtsmediziner noch Schlamm in deinem Gesicht und in den Haaren und befand daher auf kurzfristige Gehirnanämie. Du knietest wohl am Fluss um dich zu waschen, als dir plötzlich, möglicherweise beim Aufstehen, schwarz vor Augen wurde. Dich befiel eine Ohnmacht und du stürztest in den Fluss. Du hast den Fluss gefürchtet und doch die Reinlichkeit so hoch geschätzt. Geh nicht, Mama, bleib doch bei mir! Ich bin überarbeitet wie du, extrem überarbeitet. Auch ich habe mich im Strudel des Lebens abgekämpft, war mal oben und mal unten. Ich war auf dem Land, bin in Bergdörfern gewesen und habe auch in strömenden Flusswassern Wäsche gewaschen.

Versunken in schwerer, tiefer Hoffnungslosigkeit habe ich letztlich das Ufer wieder erreicht. Mama, ich brauche deinen Trost wieder, so wie ich mich als Kind in Mutters Arme schmiegen konnte. Mama, wohin gehst du? Mama, heute musst du dich nicht mehr abmühen. Vater schläft jetzt neben dir. Ich habe eigenhändig eure beiden Urnen in eine Grabhöhle zusammengestellt. Deine Urne war schon beschädigt. Als ich sie aus dem Grab nahm, sah ich, dass sich Wasser in der äußeren Porzellanschale gesammelt und dich völlig durchtränkt hatte. Die Sonne schien an diesem Tag besonders schön und der Wind blies kräftig, als ich dich zusammen mit dem kleinen Bruder exhumierte und mit Vater zusammen beerdigte. In einer Erdvertiefung zwischen anderen Gräbern fanden wir deinen Grabstein, der von spitzdornigen Efeuranken zugedeckt war. Dieser stachelige Efeu hatte den Deckel der Porzellanschale aufgebrochen und war in den Spalt zwischen Topf und Deckel hineingewachsen. Die purpurrote Hauptwurzel war in den vielen Jahren fingerdick geworden und so kam das Regenwasser hinein. Und jetzt war das Regenwasser schon fast auf die Höhe der Topföffnung angestiegen. Die Urne stand also eingetaucht in Wasser in der Schale. Dein Photo unter dem Glasdeckel war schon so aufgeweicht, dass du kaum mehr zu erkennen warst. Der Deckel der Urne lag auch nicht mehr richtig auf, als wäre sie geöffnet und nicht mehr verschlossen worden. Die Totengräber hoben mit eisernen Spaten die Erde aus, in ihren Mundwinkeln hingen Zigaretten. Als die Eisenspaten an die Porzellanschale stießen, erklang ein herzzerreißendes Geräusch. Der kleine Bruder hatte einen Freund aufgetan, der einen Bekannten in der Friedhofsverwaltung hatte. Dem Totengräber musste man neben dem offiziellen Lohn von zwei Kuai für die Beerdigung noch ein Päckchen exquisite Zigaretten schenken. Aus der Ferne rief ein Mensch. Da auf diesem weiten verlassenen Friedhof niemand außer uns zu sehen war, war klar, dass dieser Ruf uns galt. Ein Mann mit Strohhut hüpfte über die Gräber und kam auf uns zu.

»Was macht ihr hier?«, fragte er aggressiv und drohend.

Hastig streckte ihm der kleine Bruder eine Zigarette entgegen, aber er nahm sie nicht an.

»Wen habt ihr um Erlaubnis gefragt?«

»Ist das nicht ein öffentlicher Friedhof?«, entgegnete ich.

»Auch der öffentliche Friedhof ist Eigentum der Produktionsgruppe«, antwortete er in gebieterischem Ton.

»Komm, rauch eine Zigarette«, bot ihm der Bruder erneut eine Zigarette an und zog gleichzeitig schnell einen Kuai aus der Tasche. »Das nächste Mal macht ihr euch nicht an die Erde ran ohne Bescheid zu sagen!« Er stopfte das Geld in die Tasche, steckte die Zigarette hinter das Ohr und ging lauthals fluchend davon.

Der Wind blies noch immer sehr stark, und hell leuchtete die Sonne. Dieser Klang des Eisenspatens gegen die Porzellanschale war deprimierend. Die Schale war zersprungen. Das angesammelte Wasser sickerte langsam in die Graberde. Mama, hier hast du wirklich nicht in Frieden geruht.

Ich umwickelte deine Urne mit einem Stück roter Seide und hielt sie mit beiden Händen empor. Ich ging voran, der kleine Bruder folgte mir. Mutter, ich hatte dich nicht beerdigen können, weil man den Leichnam im Hochsommer wegen der brennenden Hitze nicht aufbewahren konnte. Wir liefen auf dem abschüssigen Gelände zwischen den Gräbern entlang. Der Wind blies heftig. Ich konnte hören, wie deine Knochen in der Urne hin und her geschüttelt wurden. Du fandst einfach keine Ruhe!

Das neue Grab lag auch am Wegesrand. Der Weg war von den schweren Tritten vieler

Beerdigungszüge ausgetreten worden. Wie die Erinnerungen wird auch er wieder verschwinden, wird von Unkraut und spitzdornigem Efeu überwachsen werden.

Der Totengräber öffnete die neue, aus Lehm geklopfte Grabhöhle, einen halben Quadratmeter groß, ungefähr einen Zoll tief. Nur mit aller Mühe passten die beiden Urnen von dir und Vater zusammen hinein. Das Doppelgrab war sehr schnell bestellt, der Platz schon im Voraus vorbereitet worden. An den Seiten des Weges lagen über zehn weitere lehmige Grabhöhlen, noch nicht zugedeckt.

»Das ist das letzte Stückchen Erde dieses Friedhofs. Ihr seid früh dran. Ein bisschen später hättet ihr die Urne in die neu errichtete Urnenhalle stellen müssen«, sagte der Totengräber.

Auf das Grab legten wir einen Blumenkranz. Der kleine Bruder versuchte ein Streichholz anzuzünden. Der Wind war stark. Er verbrauchte eines nach dem anderen. Doch auf einmal wurden die Papierblumen von der züngelnden Flamme ergriffen. Fein und durchsichtig breitete sich das Feuer sofort über den Blumenkranz aus. Er trat rasch zur Seite, stellte sich neben mich und senkte den Kopf. Ich dachte, ich sollte niederknien, kniefällig einen langen Kotau machen und die Eltern, die uns geboren haben, verehren, niederknien vor dem Grab der Eltern. Das Bedürfnis entsprang meiner Seele. Wenn man früher mit lautem Weinen und schmerzvollem Wehklagen seine Trauer bekundete, entsprach auch das einem Bedürfnis und war notwendig für die Menschen gewesen. Doch ich kniete nicht nieder und bekam auch keinen Klagelaut zustande. Wie klein ich war. Das Feuer brannte im Gesicht. Als ich dieses Photo meiner Mutter vernichtete, brannte auch das Feuer im Gesicht. Die Bambusrohre im Blumengebinde zerbarsten mit leisem Knacken. Der Wind war stark. Zwischen den prasselnden hellgelben Flammen wand sich der blaue Rauch. Ein Blumenring richtete sich plötzlich auf und rollte zur Seite. Mutter, das war deine unruhige Seele – ich wünschte so sehr, dass sie davon rollte, sich mit der lodernden Flamme in die Luft erhöbe und damit dem treulosen Sohn gegenüber Vergebung ausdrückte. Aber der Blumenkranz fiel herunter, und der Totengräber brachte ihn mit dem Eisenspaten auf seinen Platz zurück. Er hätte sonst in ein anderes Grabloch fallen können, denn alle Grablöcher waren hier nur zwei Schritte voneinander entfernt. Selbst in der Unterwelt herrschte Gedrängel. Ich hatte keine Möglichkeit, dir ein größeres Grabstück zu kaufen. Alles ist festgelegt. Sogar die Größe des Grabsteines ist festgelegt. Die größten waren ein Meter hoch, daher haben wir einen ein Meter großen bestellt.

»Gibt es keine größeren?«, hatte ich gefragt.

»Nein.«

Zwar war der ein Meter hohe Grabstein viel größer als dein früherer, aber wenn man diesen ein Meter hohen Grabstein in der Erde vergrub, sah man nicht viel mehr davon als von dem früheren.

Dann verließen wir die Grabstätte. Den Grabstein stellten wir noch nicht auf. Wir schrieben nur ein Kennzeichen mit rotem Lack auf den Lehmdeckel – welche Sektion, welche Nummer, welche Reihe – die Zahlen habe ich mir nicht gemerkt.

In der Halle bei sich zu Hause zeigte mir der Totengräber eine Reihe verschiedener Grabsteine, die früher behauen worden waren. Die ein Meter hohen waren wirklich die größten. Für den Grabsteintext gab es zwei Vorlagen und ich entschied mich für die traditionelle Variante: »An die verehrten Eltern«. Ich war doch euer Sohn und konnte mich einfach nicht ›Euer Kampfgefährte‹ nennen. Aufrichten konnte ich den Grabstein nicht für euch, denn nachdem die Beerdigungsangelegenheiten erledigt waren, musste ich sehr schnell von zu Hause abreisen. Einen Grabsstein zu behauen dauert aber mindestens einen halben Monat. Dann musste man wieder jenen Bekannten in der Friedhofsverwaltung vom Freund des kleinen Bruders bemühen. Denn ohne diese Beziehung würde sich auch die Auslieferung um etliches verzögern. Und die Welt war für die Lebenden da.

Mutter, umsonst hast du diese Welt so früh verlassen. Von deinem Sohn konntest du nicht viel Trost erwarten, er hat ja kaum an dich gedacht. Heute ist er ziemlich erfolgreich und hat selbstzufrieden seine Freude an überschwänglichen Lobeshymnen. Dass du ihm das Schreiben überhaupt beigebracht hast, weiß er schon gar nicht mehr. Als er einmal als Kind sterbenskrank wurde, hast du deinen wenigen Schmuck verkauft und Tag und Nacht im Krankenhaus neben ihm Wache gehalten. Als Vater – noch kurz vor der Befreiung – seine Arbeit verloren hatte, musstest du damit den gesamten Lebensunterhalt der Familie bestreiten. Alles hing davon ab, was du verkaufen oder zur Pfandleihe bringen konntest. Trotzdem hast du damals daran gedacht, für ihn Papier zu kaufen und ihm ein Heft zu basteln, damit er jeden Tag Tagebuch schreiben konnte. Später, als er ein junger

Mann geworden war, bist du mit ihm in die Stadt gegangen, um Stoff einzukaufen. Wenn du dann den Stoff aussuchtest und sorgsam die Farbe wähltest, war ihm das noch lästig und er schimpfte, du würdest seine wertvolle Zeit verschwenden. Mitten auf dem Weg lief er einmal wutentbrannt nach Hause. Er hatte keine normalen menschlichen Empfindungen, er war ein kalter, hartherziger Mensch! Deine mit Herzensblut und deinem Leben gewährte Liebe würde er in alle Ewigkeit schuldig bleiben.

In diesem Moment stand Mutter vor mir. Endlich konnte ich dich klar sehen. Du trugst noch immer diesen fadenscheinigen Qibao wie auf dem Photo in dem Bilderrahmen, das zu Vaters Lebzeiten zu Hause draußen an der Wand gehängt hatte. Das Photo war schon vergilbt, auch die Farbe des Qibaos war schon gelblich verblichen. Trotzdem wusste ich, dass es dieser Qibao aus leichtem Kreppleinen war, mit gelben Blumen auf grünem Hintergrund, der durch das Waschen schon so dünn

geworden war wie das Futter von alten Steppdecken. Warum eigentlich habe ich den kleinen Bruder nicht beauftragt, diesen Qibao
zur Beerdigung von dir und Vater herauszu-
suchen, um damit deine Urne zuzudecken?
Du hast mich großgezogen, und ich habe dir
noch nie ein Kleidungsstück genäht. Ich habe
dir noch nie etwas aus Pietät und Dankbarkeit
geschenkt. Warum habe ich dir kein warmes,
weiches Kleid machen lassen, als du mit Vater
zusammen beerdigt wurdest? Warum habe
ich dir keinen Qibao machen lassen, einen
schwarzen samtenen Qibao? Stattdessen habe
ich den geblümten Samt-Qibao, den du
trugst, als du gerade mit mir schwanger warst,
verbrannt. Später, in Zeiten der Not, hast du
diesen Qibao im Altkleiderladen verkauft.
Warum ist mir eigentlich nicht eingefallen, dir
einen Qibao machen zu lassen?
Mama, wie solltest du deinem undankbaren
Sohn auch verzeihen können. Du hast ihm
alles gegeben, er dagegen gab dir nichts. Entgegen allen Annahmen ist er heute eine wich-

tige Persönlichkeit geworden – aber was für eine winzig kleine.

Du sagtest nicht ein Wort. Bestimmt war dir sehr kalt, an diesem dunklen, feuchten Ort, an den kein Sonnenstrahl drang. Wie geht es Vater? Er hat sich Sorgen um mich gemacht, bis zum letzten Tag. Am Tag, bevor er seiner Krankheit erlag, kam ihn noch ein Freund besuchen, und sie sprachen über mich. Er war mit meinem Beruf als Schriftsteller nicht einverstanden und hielt das für eine gefährliche Arbeit. Ich erwiderte, die Zeit sei eine andere geworden. Er war immer um mich besorgt, aber auch von ihm habe ich kein einziges Mal geträumt. Wieso hast du nichts gesagt? Mama, hast du wirklich überhaupt nichts zu sagen? Du bist einfach gegangen, aufgestanden und gegangen, verschwunden im hinteren Teil des Zimmers.

1983 in Beijing.

Gao Xingjian wurde am 4. Januar 1940 in Ganzhou (Provinz Jiangxi) in Ostchina geboren. Bis 1962 studierte er am Institut für Fremdsprachen in Peking französische Literatur, wurde dann im Zuge der Kulturrevolution lang zur ›Umerziehung‹ aufs Land gezwungen. Ab 1980, vier Jahre nach Maos Tod, erschienen die ersten Schriften von Gao Xingjian: Mit seinem Essay ›Erkundungen in modernen Erzähltechniken‹ und dem Theaterstück ›Das Warnsignal‹ bezog er Position für eine reflektierte Aufnahme westlicher Literaturmodelle. In diesen Jahren entstanden viele seiner Erzählungen. Das nächste, vom absurden Theater geprägte Stück ›Die Busstation‹ brachte ihm den Durchbruch, aber auch das Verbot. Er wurde Ziel einer politischen Kampagne und zog sich aufs Land zurück. 1985/1986 lebte er als DAAD-Stipendiat in Berlin, 1987 verließ er China endgültig und lebt seither in Paris. Nach dem Massaker auf dem Platz des Himmlischen Friedens trat er 1989 aus der Partei aus, seine Schriften wurden in China endgültig verboten. In Paris schloss er 1992 den Roman ›Der Berg der Seele‹ ab, 1999 den Roman ›Das Buch eines einsamen Mannes‹. Seine letzten Theaterstücke verfasste er in französischer Sprache, 1998 wurde er französischer Staatsbürger, 1992 Träger des *Chevalier de l'Ordre des Arts et des Lettres*. 2000 wurde er mit dem Literatur-Nobelpreis ausgezeichnet.

Folgende Nobelpreisträger
sind im Programm des
Fischer Taschenbuch Verlages
komplett oder in wesentlichen Teilen
lieferbar:

Elias Canetti
William Golding
Nadine Gordimer
Ernest Hemingway
Thomas Mann
Eugene O'Neill
Kenzaburo Oe
Boris Pasternak